鏡像攝影

鏡像攝影

鏡像攝影

鏡像攝影

禅

心

情慾的風鈴

鏡像詩集

鏡像○著

前　言

《隨緣的模樣》

我不是為了留名
　　也不是為了留芳
　　　　這是我一吐為快的
　　　　　　孤獨行者的心房
我心中的故事
　　雖然只是鏡像
　　　　您卻可以看見
　　　　　　我方便隨緣的模樣

情感和虛空
　　就如同色即是空
　　　　幻化空身即是法身
　　　　　　隨緣而住　真實的心相

煩惱　痛苦

菩提　解脫

　色不異空

　　隨緣無礙的心

　　　即是菩薩的名相

紅塵裡的愛戀

　那是我塵世的模樣

雖然如同夢幻

　是故事創作想像

　　它隨風飄蕩

　　　也如同風一樣

我把它寫出來

　讓您看到

美麗花朵的芬芳

隨緣就真的是

最美麗地綻放

否則就像

耗子精的無底洞

讓您輪迴在六道境相

悟道了　修成了

色即是空　空即是色

無明實性即佛性

隨緣即覺悟的名相

我不好也不壞

隨緣變現

七彩花朵的模樣

您喜歡

就拿去吧

不喜歡

就扔向遠方

好壞的分別

　　是您心的選擇

　　　　我都歡喜接受

　　　　　　像隨緣的風兒飄蕩

您真的見到我

　　就笑一下

　　　　原來如此

　　　　　　還有修行的名相

《風》

業識的風

　　是心展現的風景

喜怒哀樂

　　　　颱風下雨

　　　　　　都是他變幻的心情

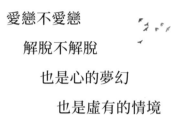

愛戀不愛戀

　解脫不解脫

　　也是心的夢幻

　　　也是虛有的情境

我只是隨緣的風

　希望這個風

　　是吉祥的風

他能帶給您

　　一道彩色的風景

帶給您

　　我的吉祥祝福

　　　是那樣的真誠

《痕跡》
──願望

以前的一切
　　像蒲公英一樣
　　　　隨風飄蕩
它隨著風兒
　　落到哪裡
　　　　那是前世的播種
　　　　　　今世才走的一趟

已經過去的故事
　　像藍天裡
　　　　乘風的夢幻白傘
用筆
　　隨意地塗寫
　　　　童話般的篇章

其實

　　那是我心的軌跡

　　　用生命的色彩

　　　　把傳奇的情感宣講

過去了　　過去了

　　只是在記憶裡

　　　有一片彩色的雲航

已逝的時光啊

　　像潺潺的溪水

　　　奏出奇妙的樂章

虛空裡的泡影

　因緣生　因緣滅

　　那是

　　　情感的心漿

　　　　攪起的白色波浪

心中泛起

　感嘆的聲響

　　境相　原來就是

　　　心投射的鏡像

祝有緣人吉祥如意！

祝世界和平！

內心的甜蜜
譜寫了七色的音符
有了最美的相遇
詩句化成了
入心的清澈溪水
是醉心的傾吐

鏡像攝影

目　錄

CONTENTS

目　錄

CONTENTS

目錄

CONTENTS

目錄 CONTENTS

只是一次矚目 164
衣袂 166
色即是空 167
願望甘露 168
意識流 170
和天地美麗與共 172
隨境的一念 174
心境 176
選擇和寂靜 178
情願 179
著墨此世間 180
別離 182
初戀的味道 184
你的眼眸 185

鏡像攝影

就像一首歌曲

在耳旁縈繞了多時

彷彿依稀

好像風一縷

又像美麗的耳墜

一直掛在耳垂不離

朝朝夕夕偎依

點染成題

借一片雲彩

在月色如洗的夜裡

點染成題

那是無盡的相思

眼前晃動的是你

就像一首歌曲

在耳旁縈繞了多時

彷彿依稀

好像風一縷

又像美麗的耳墜

一直掛在耳垂不離

朝朝夕夕偎依

心生了雲煙

現在天際

由著心飄了十里

卻是心情的筆

為了妍麗的你

畫的情感的心跡

雨絲　情絲

雨絲濕了衣裳
水珠順著臉流淌
風兒輕輕地把樹梢晃
有一點點清涼

濕了的心思
不知如何開口講
心兒一趟一趟
徘徊在雨中茫然渺茫

生了一些感傷
不知是淚水還是雨水
溢滿了眼眶
平添了一份惆悵
情絲縷縷綿長

眷 戀

你紅了美麗的眼

沒有紅了臉

因為情所牽

你把思念吹成了相片

留下一個懸念

因為幾年前

你說了一句前言

從此　有了眷戀

圖像一遍遍地

化成了倉促的時間

卻在心裡蔓延

那句前言的兌現

也不用排練

就在心裡成了神仙

青年和老年

（想飛）

人可以離家高飛遠走

也可以把心駐留

只是夢想的心想遨遊

心情有太快的節奏

不要把心念遺漏

不要等到枯黃的深秋

只有一壺老酒

成了慰藉的溫柔

（滄桑）

熱情已經開始溜

願望的路線圖

已經變得色黃陳舊

時間的沙漏

讓人生的道路悠悠

生活在貧瘠的沙洲

眼裡盡是沙丘

滄桑麻木了憂愁

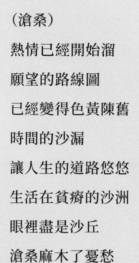

情感的風鈴

寫了一曲愛情

畫了一片風景

畫裡的微風

吹動了清脆的風鈴

搖晃了　心不醒

只聽到了深情

雖然風兒輕輕

請仔細地聆聽

那是美好畫的意境

真實的曾經

就像春天的暖風

拂開了情感的眼睛

下一次思念

心裡的思念

眼裡的期盼

那西天邊的紅霞

有山在眷戀

我的思念

在哪裡能得顧盼

半月掛在天

淡淡的月色垂簾

清新的花香

卻不含著迷煙

也不見風舒雲卷

只有淡淡的輝煙

瀰漫在河面

一幅畫的因緣

又留下了美的眷念

下一次思念

虛幻的風雨

模糊了的往昔
只是心中的風雨
為何唏噓
感嘆著旖旎
還是你的笑在夢裡

銘心刻骨
彼此的相思
是心裡的相許
還是朝夕相處
以及那抹不去的笑意

為何一場風雨

芬芳就失去

甚至不進恍惚的夢裡

只能自言自語

夢說著不離不棄

淚水已經滿紙

寫不成句子

兩眼模糊

記憶成了虛晃的影子

生命成了虛幻　在夢裡

心念的白帆

清風吹著白帆

心意在遙遠的天邊

不為桃花源

只為心中那股清泉

自在呢喃

心情飛揚翩躚

輕鬆地在海灘

看海天一線

自然融在靜謐的色藍

那出發的海岸

已是非常的遙遠

好像是另外的世間

瞬間的心念

生出一段幻想的畫面

不知現實的世界

剛才是怎樣的顯現

到底我在哪裡

是夢裡的幻現

還是幻想在夢裡

或者身心在時空裡錯幻

氣 概

肝膽相照橫貫

馳騁塞外江南

萬古流芳無疆

墓碑無字刻撰

誰在誰的懷裡

風吹來一場雨
也吹來打傘的你
只是這雨又隨風離去
也消失了撐傘的你
消了虛幻的桃花雨

清新藍色的湖
消了雨點親吻的漣漪
平靜的水面
又映出了周圍的美麗
不知誰在誰的懷裡

花開花謝

花開醉了雙眼

興奮了俊俏的紅顏

馨香醉了心兒

心緒萬千

彷彿是夢中的約見

時空輪轉

內心的期盼

經歷了多少晝夜夢幻

相依的詩句是心願

似水的流年

讓蹉跎的時間

生出無限的感嘆

很多的美好都已經離遠

花謝了　悄悄然

猶如一縷青煙

誓言已隨著花殘

殞消香斷

虛幻的心悲憐

一段隨緣的心意

湖水清澈見底

魚兒泛起的漣漪

散發著自在的情緒

隨著擴張的波紋

到了我的心裡

心兒開始莫名地歡喜

心緒化進了水裡

成了各色的砂石

成了湖底的泥

也化成了水草

伴著魚兒快樂起舞

心在波光掠影的美裡

心淨佛土淨

禪心起處　忘了山河　忘了朝暮
觀心落處　一朵鮮花　安住一處
願心普渡　身心清淨　佛國淨土

緣份的故事

緣份太淺

卻說著永遠

天長地久不變

就算是緣深

也是一縷緣份的青煙

誓言心兒不變

等了幾年

最後只是一眼

唱歌一曲　撥著琴弦

還是不願意清閒

事兒都是因緣

說清太難

無常的故事

卻說要等三千年

幻想可以到海枯石爛

枯寂的沙　甘露蓮華

一片枯寂的黃沙
不見美麗的鮮花
我希望在這荒涼
種下一朵永恆開放的花
寫一曲絢麗的童話

我用真誠祈請菩薩
把每一粒無情的沙
用真心熱情將其融化
我願意為你牽掛
願意把真情的淚水灑

這是真心的話
我們是有情的一家
你要真誠地回答

不要再讓慈悲的菩薩

把傷心的淚水滴下

千年吹的風沙

無情義　無明的心

生命化現的甘露菩薩

滋潤你的心田

讓你變成美麗的蓮華

別離　一段緣份

不忍的別離

帶來心的孤寂

當我想起你的美麗

忍不住輕輕嘆息

如夢一般的虛幻

已經遠離飄移

為什麼還是常常想起

命運之中必然的惦記

在心裡經常起漣漪

以前的歡喜

也隨著漣漪浮起

珍貴的情義

讓心深情地相依

思念的翅膀飛在天際

悲歡離合的人生

是緣份　卻沒有歸期

遺憾當初的當下

沒有好好地把握珍惜

命運的種子識裡

沒有將這美好的善緣

培植得延綿厚實

一首歌謠

浮生夢幻縹緲

風雨繞在屋子外

明明是在心裡纏繞

卻寄情於山海

唱了一首歌謠

迴旋了年少

又迴旋到年老

歷經了春秋幾載

只知道春曉

不知秋風有多少

迷失境相不知歸來

感覺風光正好

等不到風雨事了

心執著著裡外

繼續唱不完的歌謠

漣漪　只是一個故事

綿綿的細雨
把我擁抱在懷裡
濛濛的　淅淅瀝瀝
把我的衣服淋濕
也淋濕了回憶

我在等著你
在雨裡等著你
雖然知道再美麗
也要隨緣隨意
還是喜歡能在你懷裡

一首柔情的小曲
和著柔聲的小雨
我在等待著
等待著你的關懷美意
深情地等下去

細雨中回憶
孤單地在河畔游移
看著河面雨滴和漣漪
相互交錯地消失
這漣漪只是一個故事

鏡像攝影

倦意淡淡綿綿

纏綿在黃昏河畔

睡眼惺忪茫然

一張零點靜止的臉

只有微風徐徐

自然輕輕地撫臉

心淡然無感

體會不到風的溫暖

熄滅了心念的煙火

心情很落寞

只因上次的擦肩而過

不想愛的種子遺漏

祈求著線索

心思像一隻飛鳥

希望在你的心島降落

至今沒有結果

一陣風吹過

湖面的波光閃爍

心裡的波光卻斑駁

有些惆悵的我

把種子放在心底角落

迷濛的心雨

熄滅了心念的煙火

花絮飄成了詩句

優美的歌曲

把心佔據

清泉般的旋律

灑了漫天飛舞的花絮

花絮飄成了詩句

內心的甜蜜

譜寫了七色的音符

有了最美的相遇

詩句化成了

入心的清澈溪水

是醉心的傾吐

絢 爛

夏花的絢爛
是熱情的心現
那顆熱烈的心喲
絢爛是它熱情的臉

芬芳的情溢散
那是美好的心念
讓它將你薰染
添加一份笑顏
燦爛到天邊
絢麗了心念的天

又一世蓓蕾

夜不能寐

心被鏡像灌醉

搞不清自己是誰

有些心碎

不知如何應對

心裡太多滋味

將真知摧毀

生命化成塵灰

用忘情水

再和起塵土成泥

心造又一世蓓蕾

歲月相陪

等著鏡花交瘁

時間之鎚

將其敲得粉碎

零點靜止的臉

倦意淡淡綿綿
纏綿在黃昏河畔
睡眼惺忪茫然
一張零點靜止的臉

只有微風徐徐
自然輕輕地撫臉
心淡然無感
體會不到風的溫暖

黃昏的天映在河面

心在天和河畔

體會水和天

融在虛幻的境相之眼

慢慢黯淡了慵懶

也黯淡了心岸

那不願意飄動的心

虛化了心念

好像化入無限

疲憊的心不願浮現

一組心相

夕陽帶著滄桑
放射的輝光
只是眷顧地回望
大地的模樣

湖畔的松木飄香
影子在湖上
倦鳥已經歸巢
喧囂也淡了張揚

此消彼長

天上有了月亮

生命的迴廊

輪轉在東西兩方

心念出了一行

思緒挺酣暢

只是心相境飛揚

寫了一篇詩章

火 紅

火紅的楓樹
　火紅的情
　　火紅的楓葉撒滿了路上
火紅的心房
　滋養著火紅的期望
　　火紅的衣衫
　　　映著你美麗紅潤的臉龐
我的熱血　我的熱情
　融合在
　　如晚霞般美麗的楓林
　　　歡喜地走在
　　　　如血脈的火紅的路上
挽著熱情的手

擁抱著熱烈的火紅
　讓火紅的熱情映照到天上
祛除一切陰霾
　讓天空火紅明亮
　　火紅的天空
　　　就是我熱烈火紅的心房

愛恨隨風

煙雨濛濛

心動　雲雨才不清

都說愛恨是風

只是隨緣造化弄情

可是有誰灑脫

看空不隨境

清涼透徹清淨

來去匆匆

煩惱只是為情

尋覓芳蹤

卻是南柯一夢

生滅輪迴卻不等

山水有情

也有激流和險峰

走一趟紅塵

有情不執情

看無限風光的山峰

登頂不住頂

身在三界五行

不留執著的情痕

只是隨緣心生

情感執手

黑夜與白晝

情景已經看舊

只是斜陽逐水流

為何不同燕雀啁啾

為何不長住春秋

雲雨悠悠

孤單還是有偶

是否有緣　　心動情鉤

能否白首

緣份淺薄與深厚

那顆美麗的紅豆

有求無求

世界運轉行走

才有時間的鐘漏

想要安住

才有蝸居的小樓

人妄想自由

才會被心所囚

心有籌謀

也會黃昏後

緣起雨露沾了衣袖

那就是塵世的小舟

朦朧綽約　隨波逐流

觀看不同的星宿

兩相執手

情感的樂曲演奏

風雨浸透

又起相思至來世後

紅豆能不能收

那是情緣的景樓

難以守候

心 境

雨後天晴

空氣清清

走出躲雨小亭

水珠晶瑩

因境心生輕盈

歡喜之心

猶如清澈之境

因緣具足

相依心境

境相和心相應

心顯化

心願隨緣顯化

情感的淚珠潸潸下

蝶是蛹　破繭變化

因緣俱足開花

花露隨風飄灑

那是人間的牽掛

乘一艘法舟

真誠之心化塔

喝一杯清茶

不是為了風雅

而是為了心中的蓮花

沁浸在晨曦朝霞

放下心猿意馬

一心大愛吧

反彈一曲琵琶

那是歡喜極樂的家

恍惚一念境

——山裡寄情

（一）

心動煙雨濛濛

四處看不清

沒有你的芳蹤

恍惚猶如　漂游在夢境

山澗看不清

只聞潺潺流水聲

也不見熟悉的山峰

只有步履匆匆似風

（二）
　在下在上觀是雲
　身在雲裡霧濛濛
　太陽一照起大風
　原來老天心動情

忘情的風雨

忘情的風吹過

失去最美的風光

忘情的雨淋過

心裡留下了創傷

風雨都過了

嗅不到如夢的馨香

美麗的花朵

失了顏色的嬌豔

失了芳香的張揚

忘情的風和雨

是因緣際會的境像

風景的好壞也是虛妄

心中的任何感受

是心隨境轉的覺相

那如夢一般的馨香
是心動的夢想
內心的需要
才有了芬芳的張揚

一沙塵具含

斑駁陸離的歲月

抹去了時間

抹淡了生活的酸甜

也抹淡了期盼

人生急急緩緩

跌宕起伏的情感

猶如任性的河川

生命的詩歌聚現

像白雲飄過藍天

痕跡消失不見

詩歌唱過　好似無言

愛恨不停地糾纏

躲進了消逝的時間

命運是一沙塵具含

世界是一沙塵大千

春天送來花的鮮豔

秋天碩果滿園

一個因果示現圓滿

似雲煙飄過眼簾

花開了

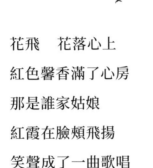

花飛　花落心上

紅色馨香滿了心房

那是誰家姑娘

紅霞在臉頰飛揚

笑聲成了一曲歌唱

裙擺隨著風飄盪

又是一年芬芳

心意隨境悠悠流淌

心弦撥動似潺潺流水

又是多情聲響

羞澀彎曲　訴說衷腸

花開花紅的景象

情義美麗

萬古不朽

是情義的美麗

您是人心

最珍貴的鑽石

摘一朵鮮花

供養無價的情義

圖騰的神聖

就是美好的心性

至真地演繹

空 識

有點空的屋子裡

是光光的牆壁

我獨自盤坐在墊子上

放鬆自己的身體

寂靜無聲息

只有手印的禪語

訴說著希冀

願與天地融為一體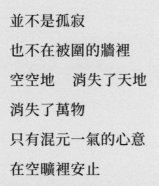

並不是孤寂

也不在被圍的牆裡

空空地　消失了天地

消失了萬物

只有混元一氣的心意

在空曠裡安止

沒有舒服不舒服

沒有了冤親債主

好像沒有苦

有一絲喜悅浮起

馨香會繞樑

滄桑了色相
也淡了紅妝
那翱翔的理想翅膀
充滿了蒼涼

雖然人生是夢一場
那裡面的陽光
還有柔情的月光
著實讓人難忘

還有那夏日的窗
會飄出迷人的清唱
叫人想訴衷腸
送一束芬芳
讓馨香永遠繞樑

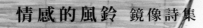

一碗孟婆湯

忘了前世的夢想

滅不了緣份

滅不了心中的妄想

因緣輪轉又生境相

鏡像攝影

如祥雲的瑞氣

讓我體會柔暖的溫度

您的一滴甘露

是浸潤了

每個細胞的禮物

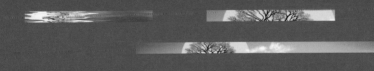

流雲一朵

白色的流雲一朵
在天空柔柔地飄過
雖然挺自在
也只是一個過客

在我的心裡
把時間輕輕地雕琢
留下一個輪廓
卻看不清雲裡脈絡

想席地而坐
觀垂柳含情脈脈

那份多姿搖曳
將歲月慢慢地蹉跎

將柔情逐漸地斑駁
直到被風吹落
在生死輪迴裡落寞
心念形識如梭

心相隨

時光如流水

綿綿細雨如眼淚

如此的景象

夢裡心動是為了誰

生命輪轉而追

只是為了心裡的美

執著到了今世

也不肯心回

而是把美麗成像

鐫刻在心碑

生生世世地依偎

溫柔了模樣

如癡如醉

心　由著思緒相隨

在眼瞳裡相對

一支紅燭

一支紅燭
熱情化成淚珠
將心相許
把浪漫傾吐
奉獻光明是心的話語

紅塵中來去
因緣中隨風起舞
用盡生命做注
把千年的情
隨緣流住

夢裡的歌謠一曲

感人肺腑

感慨之餘

忘了這個世界

只是虛幻的有無

給月牙的情話

掛在天邊的月牙

想給您一束花

想著貼上我熱情的臉頰

是從小就有的心啊

把您當成家

畫成了美麗的畫

那份幼兒的夢

從黑髮到了白髮

一直都想　在您

那奇妙清涼的夢幻光下

哪怕　只有一剎那

不管世界怎麼變化

您還是兒時的夢

我心靈的家

永遠在心裡

對著您說悄悄話

遺 憾

這一生太倉促

還沒有來得及眷顧

就到了日暮

不知該如何傾訴

不知和誰有負

只是心裡感覺有誤

你在心裡不出

好像在心室刻字成書

字化成了淚滴

落下又生成了飛絮

這思緒萬縷

讓人真是迷離

像是一個謎語

不知聚還是去

心裡有太多的話語

都成了滿天的雨

只是你在哪裏

如何將愛向你表述

期盼心境

盼著南飛

不為那一抹嫵媚

只為心中的溫暖

才有了相思回味

花落了幾回

那開啟的心扉

只有季風吹入

心房的天空閃耀星輝

寒冷已退

冰融的河水

向東流去　不歸

午夜的時候是否夢迴

面容已經憔悴

暗自哭泣垂淚

只是一顆流星飛墜

滅了等待的錯對

夜空星兒點綴

無心觀看欲睡

心情空白無滋味

心意寒冷　只因心灰

皈 依

如祥雲的瑞氣

讓我體會柔暖的溫度

您的一滴甘露

是浸潤了

每個細胞的禮物

像是溶化在

純潔美麗的聖湖

成了返璞歸真的元素

甘甜滋潤的滋味

消散了一切苦

從此有了感恩的回顧

心裡非常在乎

希望永遠地駐足

身語意皈依

永恆地不會辜負

鏡像紅豆

命運的星斗
運轉　放飛孤獨的海鷗
那份深情的牽手
收穫了一世紅豆
四季的風雨裡
住進了情感的紅樓

沐浴了多少春秋
經歷了多少落花飛柳
歲月悠悠
收穫的紅豆
一粒一粒地落地
成了音符的獨奏

情感的紅樓

呢喃的話語讓心成囚

綿綿的細雨

雨滴成了時間的更漏

已經白了首

生活已經把心浸透

今世和來世的鴻溝

有因果的橋等候

情感想住留

卻掛在輪迴的月鉤

心將境相作收

有情星宿　因緣同遊

情絲將時空串連

繁華如雲煙

情執的一眨眼

雲雨情思綿綿

淋濕了偽裝的衣衫

體會著四季冷暖

心裡呢喃

萬千變化隨著心蔓延

迷濛了的雙眼

執迷燦爛名相的容顏

燈火闌珊

染色各種窗簾

微風香殘

鉤住隨境的心兒

在塵世霓虹的窗前

月亮　繁星點點

虛幻了無慧的眼簾

醉夢依舊如故

情絲將時空串連

許一個心願

許一個心願
點燃一盞荷燈
隨著清澈的流水
美好與其同行

耳旁迴盪著咒聲
心中升起美景
那華麗的燈火通明
知是聖境
恍惚似醒非醒
好像很清淨
到處是菩薩的身影

雲遊

去雲遊四海天地
雲遊不一樣的四季
把以前放進雪櫃裡
把以後放到心裡
把現在放在眼裡
讓綿綿的心雨
把廣袤的草原淋濕

所有的情義
都是因為你
感覺你屬於天地
無處不在
哪裡都有你
春來冬去
雲遊的心隨著四季

思維修

思維觀想

放下萬念

只有相續的淨念

悠悠風吹過

把相思的門掩

鮮豔的桃花

挽進髮絲裡

將柔軟青絲剪斷

清茶一盞

禪茶是一味

心中山水在慧眼

清香飄過

明燈一盞

真誠觀佛誦念

身心通明通亮

身處覺悟的彼岸

浮生一世

花艷花殘

風月一笑了塵緣

晨曦朝霞

霞光萬道

溫暖和彩色灑遍

把吉祥盡攬

度紅塵一池情緣

孤獨行者

寂寞孤零

心兒在遠行

呼喚　不願意停

在如幻之境

觀心無蹤影

實無有形

卻隨著因緣顯像

諸法相空性

我夢已醒

不駐守留情

隨緣安住

生慈悲大愛之情

不是枯寂無情

而是清涼清淨

守著那份孤獨

行　行者的菩薩行

一首小詩

坐在山巔

無心俯仰天地

一心靜寂

不分山嶺南北東西

觀山間清溪

只見身影也聞聲息

似一首清雅小詩

賦予心情的自己

所有的思緒

都在蜿蜒的清水裡

去向緣份的遠處

隨緣隨意

詩情的心意

只是情感的隨緣一筆

妙處隨花意

生滅是心動念起

妄想的河

又是夕陽落
一天的應酬消磨
像是水波
煩惱起伏多
讓心想找一處躲

心兒四處漂泊
用煩惱的苦楚一抹
白紙上是黑墨
是一縷陰沈的思緒
不是夢幻彩色的蝴蝶

感覺沁人心脾

清新的花香撲鼻過

醉了風花雪月

亂唱一首歌

成了妄想的河

鏡像攝影

寫意的水墨

難言你的風情

寫實的油彩

難現你的神影

留戀在心裡

落寞地轉身行

眼裡是你美麗的風景

心裡不見你的心靈

指紋與吻

看著手上的指紋

那記錄著滄桑的吻

還有未來的

人生軌跡的命運

那業力妄心的嘴唇

留下的吻痕

畫著道道的年輪

喧囂的紅塵

到處都是聚合離分

熱情的青春

轉眼就被時間封存

像是希望的清晨

剎那　就走到了黃昏

被輪迴之神

吻過的煩惱樹根

化成妄念的愛恨

續寫著來世的劇本

繼續化成紅唇

化成熱情相擁的吻

情感的長河

像涓涓溪流的情感

是溫柔的喜歡

經過了群山

婉轉了多少情念

深情款款

只是微笑地淺談

以免灑落遺憾

將秋風輪轉

看不完的前山

說不完的後山

輪迴的情緣

卻是心不斷地呈現

那份情的心念

隨著業緣

化成溪水涓涓

匯成河流蜿蜒不斷

成了心中的河山

春早

春天悄悄地到了

花兒先笑

未睡醒的心

有了溫暖的擁抱

只是夢裡的雪

還沒有化了

讓花的笑

迎來太陽的光照

讓心跟著熱情跳躍

讓心知道

花兒送來了春早

送來了嬌嬈

還有那樹上的鳥叫

唱出了花草的舞蹈

春天的腳步

正在悄悄地快跑

不要錯過擁抱

看誰清醒的最早

一朵自然的花

風兒在輕輕地刮

刮動了她秀麗的長髮

還有紅潤的臉頰

引動了眼睛呀

目光的情雨飄灑

那是心兒異動的年華

這個好熱的夏

熱烈的心全是她

到處都是夏花

不知哪裡是她的家

從此心有了牽掛

心想拜求佛啊

又怕佛說沒有緣呀

緣份是前世種下

要隨順因緣

因緣是自然的花

青春的好年華

夏季裡由著風刮

上火聲嘶啞

眼前老是飄著長髮

心裡開了一朵花

無 題

寫意的水墨

難言你的風情

寫實的油彩

難現你的神影

留戀在心裡

落寞地轉身行

眼裡是你美麗的風景

心裡不見你的心靈

皆是心現

溫柔纏綣　　繞不過心間
萬水千山　　也只是一念
無垠上天　　有踏雲神仙
雲水一線　　水氣如炊煙
藤條編籃　　提水不相見

喧鬧傍晚　　上靜謐香煙
夢蝶南圓　　蝶是誰化現
真妄相煎　　美猴王難辨
諦聽不點　　說破是佛言
規律是圓　　從道生一點

你像流星一樣

我能感受風的流向

卻感受不到你命運的具象

你像流星一樣

從夜空劃過下降

不知去了什麼地方

卻在心裡留下了影響

雖然晝夜都晴朗

你的痕跡好像在沙沙作響

我不敢再往心裡闖

怕激起心中的千層波浪

拍壞美好的心房

你像夜空的流星一樣

韶 光

圓月在天上
情絲猶如水淌
寂靜沒聲響
瀰漫了銀色的光

希望桃花降
色香有蘊藏
一杯美酒飄香
月下人影會成雙

隨心的天地

驚擾了回憶

是天鵝泛起的漣漪

不見桃花雨

泛起情思旖旎

也不見柳絮

隨著柔風飛舞

飄散了寂寥的心意

好像思緒如水

隨境起舞

演化著虛幻的豔麗

全是　水晶瑩的幻思

迷亂的心意

演化的心相天地

還有那隨心的天氣

慈悲光芒

雨過了　就有陽光

哭過了　更加堅強

有了明珠地指向

就有了堅定的信仰

佛陀的慈悲光芒

永遠是溫暖的懷抱

永遠是美好的家鄉

坐在河畔

心燈一盞
照亮眼前世間
清清小河邊
微閉雙眼
觀想清澈河水
河底魚草可見
還有七色的石子圓圓

青草翠綠的河畔
有一群吃草的野雁
還有微風吹拂的柳樹
也長在河的兩岸
我身心在大自然
內心清淨自然

我面朝向河南

觀想著河流河畔

無任何心事

也不是清閒

輕鬆安詳修禪

恍恍惚惚之間

是天堂還是紅塵凡間

好像有經幡

咒聲綿綿不斷

心現覺悟的彼岸

沒有波瀾

一抹清香襲然

忽然間驚醒轉念

清澈見底的河水依然

喜歡智慧的老

世人都喜歡年少
我卻喜歡　思想深邃
成熟智慧的老
因為歲月的煎熬
讓我衝破了束縛的牢

從年輕就開始尋找
尋找生命的意義
希望智慧的陽光普照
在走過了萬里迢迢
猛然回首就在心頭
燈火闌珊處最好

內心不再會想逃跑
煩惱即菩提　無需減少

當煩惱因緣際會來到

升起對應的智慧

就輕鬆自在地

覺悟得到了自然之道

放下妄心的執著

看似艱難遙遠的道

卻只有方寸之遙

如果能夠輕鬆放下

就會自由自在地飛翔

伴隨著天地日月不老

豔麗　藍色的兩極

世間的藍色
　　最是豔麗
　　　最是奇異
　　　　也最是引人注意
它有著
　　兩極的世界
　　　那是天堂與地獄
以前的傳說
　　自然界中
　　　最毒的就是藍毒

巴西的狼蛛

　非常的毒

　　它長的像

　　　透亮的藍寶石

還有最毒的箭頭蛙

　就是其中穿著

　　顏色鮮豔的

　　　金黃和藍色的衣服

海裡非常漂亮

　鮮豔的鈕扣珊瑚

　　也是非常的毒

啊　最大最包容的希望

　是藍色的天空

　　最毒的

　　　也是藍色的藍毒

誰都喜歡

　鮮豔的美麗

　　最毒的竟然

　　　也是鮮豔的美麗

就像騙子的成功

　就是說著

　　最入耳動聽的話

　　　把你帶到了

　　　　深淵的苦地

最美的

可能真的是最美的

但是

也可能是真的毒

就像美麗的女郎

可能真的

帶給你

很多美的愜意

但　也可能是

最美麗的傷害

讓你疼徹入骨

秋色美麗

接著寒冬就來

一片的死寂

讓大地了無生氣

七彩的顏色

消失了顏色

也了無痕跡

秋意濃時

最後的豔麗

就是那最後的死地

世間八苦

就藏在

虛妄豔麗的花裡

人們的那份執著

在輪轉著

綺麗色彩鮮豔的毒

被其傷害

卻繼續食其毒

追隨著鮮花的美麗

人們忘了

　再怎麼美麗

　　她會凋零而枯萎

　再怎麼美麗

　　也會是劇毒

　　　被死亡帶入深淵

　　　輪迴風輪沈浮

天堂地獄

　只是一念

　　一念善即是天堂

　　一念惡即是地獄

啊　最清淨美好的

　是東方藍琉璃世界

　　那裡是

　　　無毒無苦的清淨

　　那裡是

　　　永恆極樂的

　　　　最吉祥的歸宿

離殤　又是夢一場

踟躕在茫然的惆悵

黑夜淒淒涼涼

只見稀疏星光

不見月亮

你不在身旁

夜晚更加漫長

腦海昏昏沈沈

模糊了你的模樣

心在曠野黑暗裡瘋狂

懷揣著悲傷

眼睛裡的蒼茫

讓心愈加悲傷

真是難忘

心中充滿了離殤

情感的動盪

又是難忘夢想一場

執幻童話

忘川河水飲下

忘了前世的桃花

只是因緣的硃砂

已點在了如來藏啊

如果今世有緣

那一片彩霞

就會飄到有緣的天涯

看到盛開的桃花

為情飛紅霞

似曾相識的她

就是那一點硃砂

硃砂就是那千年的情緣

釀化的酒花

雖然千年也只是一剎

卻演化了多少

四季的風雨交加

有了多少牽掛

鏡像裡的她

是美麗的艷放的花

看著她直到白髮

一直在虛幻的家

雖然美好如畫

卻是黃昏的晚霞

開始寂靜體會

已經無需說話

只是浸在最後的童話

雲霧在眼瞳

雲霧繚繞重重
不見你的身影
眼前浮現你的面容

人散曲未終
情絲的牽扯
想再道一聲珍重
情感的浪湧
世上　誰人能懂

塵世的煩惱種種
歲月也匆匆
朦朧的心意在蒼穹

恍惚如夢中

似有你的身蹤

為何雲霧在眼瞳

好似情濃

又似雲霧飄散如空

鏡像攝影

恍恍然　好似如故

只是一次矚目

心生了無限情愫

從此　癡了情路

心中有了一片雲霧

月牙上的玫瑰花

一彎細細的月牙
像是一枝椏
掛上一朵
紅紅的玫瑰花
從此　愛上了她
成了我心中的問答

花兒怒放的臉啊
只是一剎那
那前額上的一點
喜悅的硃砂
就化成了月牙
成了勾心的牽掛
從此思戀的心在天涯

思念的線

你美好的承諾

每一個字都很燦爛

曾經瀰漫了天

迴盪在天地間

如今　　飄落心田

化成了我心中的思念

你離開了身邊

卻有一條線

線的那頭好遠

讓我望穿了雙眼

情感的漩渦

情感的漩渦

讓心牽掛　　交錯

像清澈的小河

在心裡流過

那水真是奇特

在那心裡的一角

有小花一朵

她既沒有招搖

也沒有躲

只是在那兒

優雅地輕輕和風撫摸

有一首詩灑脫

像是內心思緒的煙火

化成一隻美麗的蝴蝶

讓心開始漂泊

緣聚緣別

畫出雷雨風雪

譜寫的歌曲真多

只是給人的感覺

卻像是命運的蹉跎

空 格

內心有些忐忑
好像變成了空格
就是不曉得
為什麼忘了那首情歌

回憶很寂寞
好像丟失了存摺
找不到心裡的快樂
空白了幸福的感覺

寂寞上了眉

寂寞上了眉

眼裡不見人歸

垂了幾滴淚

面有些憔悴

盼著人回

卻又長了一歲

打開了心扉

不見月兒入墜

心也想外飛

只是又一場夢碎

夢裡來回

只是一次矚目

恍恍然　好似如故

只是一次矚目

心生了無限情愫

從此　癡了情路

心中有了一片雲霧

情念縈繞心頭

眼裡多了雲卷雲舒

常常地沉思

為何心中風雨起

為何一見如故

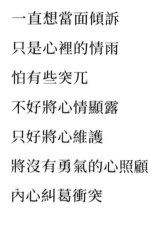

一直想當面傾訴

只是心裡的情雨

怕有些突兀

不好將心情顯露

只好將心維護

將沒有勇氣的心照顧

內心糾葛衝突

衣袂

江頭和江尾
同是長江水
為何分頭尾
你我同飲此江水

千山與萬水
相連是衣袂
誰解其中味
朝陽晨曦即晨暉

色即是空

浮生一片草

那是幻顛倒

塵緣無需了

眾生是珍寶

真心要祈禱

紅塵解脫了

心是大鵬鳥

一直飛到老

願望甘露

歲月花白了頭髮
也花白了眉
揉皺了眼尾
淡化了眼影彩繪
眼瞳裡慾望名相成灰
願望開始完美

大愛的一滴淚
虛幻紅塵一千歲
心隨願風飛
是悲心三味
願心大無畏
聽到天堂聲美清脆

慈悲甘露法水

滌清了愚昧

佛咒的清涼風勁吹

佛光普照明媚

原罪已經懺悔

那是念頭覺悟的泉水

意識流

面對著牆壁

觀山　觀水　觀雲雨

觀花開並蒂

綿綿細雨淋濕

輕輕搖曳的青翠羅衣

心在花上棲

醉在芬芳旖旎

心裡滿是浪漫詩句

卻是在虛幻的夢裡

沒有回來的歸期

一隻蜜蜂來去

攪動了思緒

空氣中看不見的漣漪

留下了它的痕跡
嗡嗡的猶如囈語

如流水的意識
一會兒是天地
一會兒是春華秋實
只是那滴晶瑩的淚滴
折射出七色的美麗

和天地美麗與共

夕陽彩霞血紅

照著神秘河

河水泛著紅光

野鴨在浮橋上不動

如同圖畫定格在心中

在血紅的光色中

我的心情輕鬆

猶如自由自在

騎在牛背上的牧童

無憂無慮　心兒空空

紅光遮住了雙瞳

大地上沒有了枯榮

我和紅色相擁

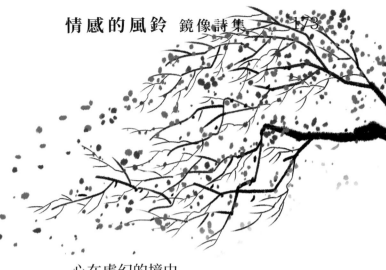

心在虛幻的境中

內外恍惚相同

像雲煙一樣朦朧

朦朧的雲煙紅彤彤

雖然也會成空

但我喜歡在這境中

和天地美麗與共

隨境的一念

寒風凜冽蕭瑟

心情隨著寂寞

喝一杯酒

袪除寒冷的黑色

溫暖朦朧的思緒

心情有了波動的起落

像是激流的河

河水　只知道往前

把歲月流程蹉跎

變幻著

情感模樣的輪廓

不停的意識流

任性地訴說

敲響緣份的銅鑼

讓耳根無處閃躲

心中想起干戈

沸了胸中的汽鍋

又是一曲山河

想著遠處的寂靜解脫

心 境

清心一曲獨奏

聽眾無數揮兩手

露珠沾衣袖

心卻孤獨

虛幻如度春秋

河畔花開飛柳

生命染色河岸兩頭

消了冰寒彌厚

為何又結新愁

流水悠悠

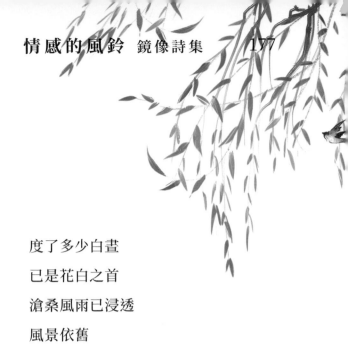

度了多少白晝

已是花白之首

滄桑風雨已浸透

風景依舊

只是黃昏後

心中寄託相守

寄情新月如鉤

那佛陀的智慧燈火

進入眼眸

法船行駛已久

選擇和寂靜

不離不棄和離棄

只是選擇題

因境一念的思緒

選擇了天與地

只是情感的思路

是偏執的習氣

是緣份的軌跡

也是妄心隨境的心意

寂靜了心念形識

安住在寂靜處

沒有選擇對比

恍兮惚兮只是一氣

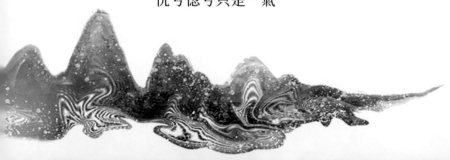

情 願

尋覓千百度　情執天涯路
醉飲酒一壺　情深入痴骨
只因心意起　紅塵裡沈浮
相思永不負　輪迴我來赴
點燃一紅燭　燈火慈悲目
生死不足惜　心中觀日暮

著墨此世間

盛衰一朝換

無常靜心觀

著墨此世間

六道有人傳

有無分別談

好壞情感嘆

悲歡覺正酣

真假心亦煩

情執聚和散

緣生緣滅斷

彈斷了琴弦

彈不斷因緣

塵世是雲煙
人生緣一段
觀戲分聖凡
坐在白雲端

別 離

書寫了一首詩
紙上畫著別離
一聲嘆息
成了感慨的印記

一位知己
成了遠看的月亮
只能將月光入懷裡
她已經成了
一場過去的秋雨
掃落地的枯葉
還在嗚咽著別離

用缽盛滿空寂

容易放得下思緒

那滿腔的話語

到底有幾許

只得用情感書寫

一首迴盪的離別曲

初戀的味道

你的清香味道

濃也好　淡也好

讓人心動心搖

讓人想依靠

想著暮暮又朝朝

心中一朵花笑

春心知曉

只想著擺脫寂寥

找人欣賞　找人聊

希望快樂逍遙

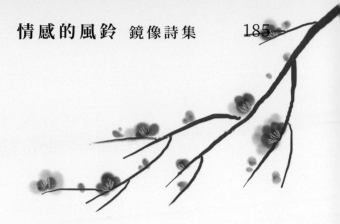

你的眼眸

你大大漆黑的眼眸

看到了彩色的春秋

美的像醇香的酒

放開了壓抑的胸口

輕鬆自然的

化去了心中的憂愁

莫名其妙地

心好像任性地自由

愜意的　像躺在

小舟上自在地漂游

詩集後記：

《心生彩虹般的橋樑》

我想你的時候
你在遙遠的地方
你想我的時候
我無奈地望著遠方

兩個人的心
因為相通
在遙遠的兩地
架起了相連相應的橋樑
心心相印
心裡住著對方模樣

如彩虹般的橋樑
因心想升起

不分彼此地相容
相應的心有了
祥雲托浮的幸福翱翔

你在我的心上
我在你的心上
只是分別的鏡像
相會的時候
心念一想
就在心中的境相
行得是
心生的彩虹般的橋樑

我的詩，希望看到的人，會產生思維的激發，會產
生一些靈感的東西。還會通過它，認識到我禪修
後，對一些人生和自然的看法。以及瞭解，彩色的
生活，雖然彩色絢爛迷人，大家都喜歡，可是絢爛
過後的苦幻，也會刻骨。人必定要認識到：人生，因
緣而生，如夢如幻，從虛無來，再歸虛無處。境相，
並不實有，終究會是空。諸法緣起性空。

《彩虹般的痕跡》

留下什麼不太重要
　它只是你人生的痕跡
只是不要虛假
　不要無趣
　　不要昏昏然地茫然遊歷

把美好畫進這痕跡
把一片
　　慈悲的祥雲畫進這痕跡
見到這痕跡的人
　　人生添一片錦繡
　　　　添一道彩虹的美麗

我的光彩就是你的光彩
　　就是你的光彩奪目
　　　　希望璀璨般的神奇
或者　讓你踏著這痕跡
　　開心快樂的走
　　　　走出你的彩虹般的路
或者　讓你踏著
　　我身軀化成的彩虹
　　　　畫上更美好的絢麗痕跡

我的心
　　願托起彩色的虹
　　　　彩色的祥雲與晨曦
　　　把你托起到美好的天堂
　　　　這是我最憧憬的心意

我只是一道痕跡
　　　一道為你生的彩虹雲氣
那是我心中的菩薩
　　　化現的聖境大慈
那是我心中的佛陀
　　　化現的極樂的法船普渡

那是一道痕跡
那是一道我生命的痕跡
那是我的心願
　　　幻化的彩虹般的痕跡
那是我的心願
　　　幻化的美好希望的晨曦

前言的痕跡，到後記的彩虹般的痕跡，
正好畫一個圓，書寫一個圓滿。有因就
有果，希望這本詩集給您帶來一些不
一樣的風光，帶來一些生活中茶餘飯後
的話題，增加一點您生活中的佐料和彩
色，也帶來安詳的禪意，帶來覺悟智慧。
希望您快樂吉祥！

鏡像系列詩集

《郵寄》

《靈魂》

《一池紋》

《心不在原處》

鏡像系列詩集

《眼角》

《心念》

《心雨》

《桃花夢》

鏡像系列詩集

《心情的小雨》

《宿緣的一眼》

《情送伊人》

《河岸》

鏡像系列詩集

《心田之相》

《原點》

《困惑》

《四季飛鴻》

鏡像系列詩集

情感的風鈴 鏡像詩集

作者	鏡像
發行人	鏡像
總編輯	妙音
美術編輯	彩色 江海
校對	孫慧覺
網址	www.jingxiangshijie.com
YouTube頻道	鏡像世界
臉書	www.facebook.com/jingxiangworld
郵箱	contact@jingxiangshijie.com
代理經銷	白象文化事業有限公司
	401台中市東區和平街228巷44號
	電話:(04)2220-8589
印刷	群鋒企業有限公司
出版日期	2020年1月　　　　初版
ISBN	978-1-951338-81-7　　平裝

定價　　　NT$520

網站

YouTube

臉書